紙ふうせん
歌を紡いで50年
後藤悦治郎
平山泰代

紙ふうせん

歌を紡いで50年

紙ふうせん　歌を紡いで50年　もくじ

俳句

夏

おたまじゃくし月の子抱いて泳いでる

禅寺のモリアオガエル一妻多夫

アメンボウアーメンソーメンヒヤソーメン

なめくじの朝や微熱の変声期

薬局の名を「平和堂」つばめ来る

医者不知《しらず》海人草《まくり》千振《せんぶり》昭和の子

ポストまで駆くや蛙《かはず》の目借時《めかりどき》

半ズボンザリガニ茹でて腰ぬかす＊

＊蛙を捕まえて皮を剥き、糸に吊るしてザリガニを捕った。茹でて食べようとしたが、油臭くて吐き出した。昭和30年頃、みんな腹ペコだった。

蜘蛛《くも》の網《い》に現金輸送車来て止まる

蝙蝠《こうもり》の影なき夕べ人さらい

蝙蝠へ空斜交《はすか》ひのニニロッソ

蝙蝠を捕《と》る下駄がない闇がない*

*下駄を空へ投げる。蝙蝠が下駄に突入する。
虫取り網を被せて、蝙蝠を捕獲。
板塀に蝙蝠を釘で張り付ける。
蝙蝠の昏い顔を、昭和の子は知っている。

島人《しまんちゅ》の眉の太さよ男梅雨

炊《た》きあがるちりめん山椒梅雨晴れ間

六月や同居同胞《はらから》盲腸もち

梔子《くちなし》の花褪せてなを香を抱けり

魚棚の蛸と目が会う半夏生《はんげしょう》

聞き上手蛸のサシミをう呑みする

隠れ家に笑い声あり栗の花

万緑に集いて白き餅を搗《つ》く

父だけのウィルキンソンソーダ水

虚空《こくう》より神吐く水の滝しろし

涼しさに鎖骨擦るや滝の下

土用鰻「骨まで愛して欲しいのよ」

土用の日動物園のカバ逃げる

虹消えて三角ベース動き出す

少年の夏は土管の出口から

夕凪や阪神電車カーブ切る

白南風《しらはえ》に山車囃子《だんじりばやし》始まりぬ

バラ園のどこかに星の王子さま

空蟬《うつせみ》がへばりついたる貸家札

空蟬の腹の露から虹生まる

蟬の殻日暮れ坂道「ゴドー」待つ

虹二重仲の良きこと姉妹《あねいもと》

流星やすっと出てこぬ願いごと

雲の峰ひとつちぎれて果実熟《う》る

軍艦の砲首《くび》ひまわりの丘へ向く

両翼に雲の峰置く甲子園

陽の名残り抱いて昏れなむ百日紅《さるすべり》

鉄板に一銭洋食敗戦日

ずっと待つ入道雲の下で待つ

一湾の風の触《さわ》りや夏暖簾

遠花火山ほととぎす音斗《おとばか》り

蚊を連れて食卓につく若さかな

もの書きの座右《ざゆう》に燻《く》ゆる蚊遣《かやり》かな

蚊には香を大日本除虫菊

謀《はか》りごと及ばぬ高さ棕櫚《しゅろ》の花

おにやんま測《はか》ったように路地まがる

浅草の橋越えゆかん泥鰌《どぜう》鍋《なべ》

海渡る蝶の吸わるる青い空

秋

きみこいしいとしこいしと法師蟬

蜩《ひぐらし》や指切りげんまんまた明日《あした》

かなかなや住職は留守午後三時

大文字《だいもんじ》ひいふうみ画忽然《かくこつぜん》と

くちべたに口説《くど》き歌あり盆踊り

A・R・E　A・R・Eとマジック点灯アカトンボ

台風やラジオ鯖缶にぎりめし

水澄みて河童ひょんひょん遠野村

遣唐使流れし崎にイルカ飛ぶ

だんまりのくじらの町の秋日かな

流れ星あとはイルカのささめごと＊
流れ星ぎょうさん飛んでコケコッコー

＊和歌山県太地町に「シーシェパード」の運動家達が、ドル札の束で漁師たちに迫り寄り「イルカを殺すな」。その光景を見た夜、熊野灘、漆黒の海に流れ星が落ちた。そして、イルカたちの歯を打ち鳴らす音が、夜空に響き渡った。

椿の実われて弾けて今朝の秋

まるいもの月とドングリ汝《な》が瞳

月匂《にほ》ふ雲の波間の稲光

月の夜は電話線切るボブ・ディラン*

*2016年ノーベル文学賞は、ボブ・ディラン。
フォークソング、すなわち民間伝承音楽に
スポットライトが当てられたのだ。

月の出をちゃんと見てから箸をとる

名月や餅搗くうさぎ及び腰＊

＊1969年アポロ11号、月面着陸。この日より、月を見る目が変わった。「かぐや姫」「月光仮面」「餅搗く兎」など、枕元で子供らに語る「むかしばなし」が、やせ細ってゆくじゃないか、と思った。

七十年前の影踏む夕月夜

たこ焼きをくるくるまるめ居待月《いまちづき》

芋食ってベルトゆるめし寝待月

秋鯖や座り重たき京をんな

桔梗挿す壁の高さをにらみつつ

鬼灯《ほほづき》の実を先付けに酒二合

屋久島の秋雨弾《はじ》くや歯朶《しだ》あかり

屋久鹿《やくしか》の川に沈《しず》くや十三夜

ヘイ案山子《かかし》お伺《たず》ねします今何時《いまなんじ》

十月や案山子抱かれてお蔵《くら》入り

白樺の樹液《みず》の甘さや露の秋

人は蕎麦鳥は羽根打つ秋の朝

秋の日を北斎漫画つまみ啄《ぐ》ひ*

＊２０２２年、ポーランド・クラクフの「日本美術技術博物館」と東京「すみだ北斎美術館」が、友好協力協定を締結した。
戦禍から避難したウクライナの婦女子を、多数受け入れた旧都であるクラクフには「隠れ家」という名の古いカフェが現存する。

秋天やジャズとメトロは地下潜る

星くずのお休み処金木犀

「おことば」は金木犀の匂ひかな

秋涼や糠みそ壺を窓ぎわに

新米を上り框《かまち》に神楽待つ

バス停に猿が木の実の措き忘れ

松茸と鱧の出合いも夢の中

無花果や似非《えせ》団十郎村芝居

帰る雁カムチャッカカムチャッカ声交わす

小春日の叩《はたき》かかりし古書に逢ふ

面白い咄《はなし》をしよう神の留守

左見右見《とみこうみ》後ろ歩みや紅葉山

俳句

冬

冬晴れの湖畔《ほとり》に倚《よ》るや人と鳥

白鳥の記憶千年餌百円

地《じ》のもんは鮭十尾まで捕《と》ってよし
かりんとう炭鉱町に雪が降る

匂《にほ》ひ立つ宇多喜代子句碑隠岐冬野

ティータイム海鼠工場《なまここうば》のネスカフェ

一ッ橋大学卒が海鼠干す*

干海鼠《ほしなまこ》盗れぬ鼬《いたち》のうしろっ屁《ぺ》

*島根県隠岐郡海士町の宮崎雅也さん。
東京から移住し「なまこ」事業に取り組み、「干しなまこ」を香港への輸出に成功。
結婚後も島に住み続け、海を守り清め、人々の仕事と暮らしの向上を目指し、隠岐の未来
創成に全身全霊を打ち込んでいる。

洗われしつけもん樽の小春かな

薬喰い父親ゆずりの医者嫌い

分校に椅子を並べてクリスマス

冬の月屋台ラーメンさがしてる

餅つきや臼《うす》は京セラセラミック

日記買うデジタル革命くそくらえ

除夜零時沖の霧笛へ窓開ける

去年今年《こぞことし》貫く指揮棒《タクト》ベートーベン

元旦や一富士二鷹三海鼠

淑気《しゅくき》満つ黒豆の照り箸の先

初雀注連縄《しめなわ》つつく米こぼす

箱根路を襷《たすき》駆け往く二日かな

自転車は漕ぐもの「コロ」は食らうもの*

風呂吹きや男もすなるおちょぼぐち

*鯨の皮に覆われた脂肪層の脂を除いて乾燥させた「炒り皮」のことで、関西方面では「コロ」と呼び「おでん種」とする。

お通しはまず一椀の蜆汁

七草や昭和の歌をトントコトン

言祝《ことほぎ》はマスクで御免松の内

注連《しめ》取りて「燃える」「燃えない」分別す

ヘリの音枕に聴くや阪神忌*

方丈記今年もひらく阪神忌

*1995年1月17日、「阪神淡路大震災」に遭う。水と火と食べ物を切望する日々が続いた。

煮凝《にこご》りや「あなた死んでもいいですか」

煮凝りは白いおままの肌にそふ*

*「おまま」は、関西弁。「おまんま」のこと。

煮凝りは昭和の小骨抱いてをり

蒸しずしの酢はひかえめに寒に入る

風花やお好み焼の粉ままこ＊

冬虹《ふゆにじ》の根っ子を踏んだ山頭火

＊「ままこ」は、関西弁。小麦粉などが水と混ざらずに、粉のまま、だまになって残っている状態のこと。

パン焼ける伊那は二月の底なれど

おでん種《だね》上へ下への二月かな

群雀《むらすずめ》みな南むく屋根二月

薄氷《うすらひ》や凸凹露地の底光り

冬のバラ蕾《つぼみ》のまんま立っている

手水場の陰に日向に沈丁花《じんちょうげ》

薄氷や今日は誰かが来るような

木枯らしや携帯電話ツナガラズ

アアアあ〜明石《あかし》海峡冬景色

湯たんぽに惚れて火傷《やけど》の足の裏

候補者の声ししがきの向こうより

俳句

春

梅ひらく月の光を吸ふほどに

梅ケ香にくしゃみ怺《こら》える鬼瓦

良人のこぼれ話や梅の花

梅ケ枝に遊ぶめじろの無口なり

積もる気はありませんのよ春の雪

ぢいさんの耳の遠さや牡丹雪

恋猫の路地突く闇押す唸《うな》り声

フランス人三寒四温と発音す

リスボンは菜花灯りやファドの店*

*ユーラシア大陸最西端の坂の街、リスボン。
深夜ファドの店で「竹田子守唄」を歌った。
満場のポルトガルの人々の心に響いた。
歌はボーダレス。
リスボンの春は早い。店内の灯りは、ロカ岬の菜の花の色だった。

立春やほたりぽっちゃり月の形《なり》

水仙に犬も私も低《ひく》うなり

春一番鳥大樹を飛び出せり

すみれ草見つけ膝折るふたり哉

喰はれると知りて白魚透きとおる

春一番二番三番山手線

熨《の》されたる海鼠子《このこ》輪島の三味の撥《ばち》

龍天にアイスランドの山跳ねる

立山を背《せな》の柱に海市《かいし》かな

蛍烏賊富山に酒房紙風船

燕くるハングル文字の多き町＊

残りしは唄と菜の花五木村

＊人吉の宿で旅装を解き、町を歩く。
燕が飛び交っている。九州の春は早い。
明日、丘の上へ移転した五木村へ行く。

「ぢ」の看板消えし春宵中之島

花冷えに井上ひさしの本ぬくし

井戸の上《え》のひさしにい添ふ桜かな

手をつなご土手の土筆が見てるから

がんばれと言われてこまる葱坊主

春雷に赤坂芸者河内弁

春宵に赤い糸切る八重歯かな

利休忌や花には水を人に茶を

お水取り椀はすましのお麩わけぎ

焼畑を守る老夫に辛夷《こぶし》咲く

山焼きや阿蘇は分煙太古より

伊勢みちはさいらの焼き香《が》春夕べ*

*「さいら」は、秋刀魚の開きのこと。三重、和歌山、関西一円で呼ばれている。

山の神去りて百年いぬふぐり＊

紅椿「ニライカナイ」と名乗りおり

＊2005年4月、東吉野吟行。
「狼」捕獲最後の地での作句。
1905年1月に英国人が研究のため、8円50銭で狼の死骸を買った。
今日、ロンドンの市立博物館に保存されている。

日本の虹は生まれてすぐ消える
気象庁出してチョーダイ虹情報

只見よりレターパックのこごみかな

向き合って青饅《あおぬた》つまむふたり哉

空を戀ひ川面に縋《すが》るさくらかな

花の下北へ逃走九寸五分《くすんごぶ》

燕くる椀の漆がかわく朝

タンポポの数ほどあるわ整骨院《ほねつぎや》

新茶くる八女《やめ》に一人の友のあり

葉ざくらや今朝から抜けぬ魚の骨

柳川に揉み手上手の新茶売り

初鰹北上日向十号線

さめてこそたけのこめしのおこげかな

春宵を風呂敷がゆく霞ケ関

木の芽摘む揚羽に一枝残しつつ*

*揚羽蝶は柑橘類や山椒の木の枝葉に、卵を産み付ける。
その一枝を室内の花瓶に挿しておく。
5月の黄金週間の頃、部屋を美しい蝶が飛び始める。
しばし円舞を楽しみ、窓を開けてやる。
大空へ揚羽蝶の旅立ちの朝だ！

俳句

泰《たい》山《ざん》花《か》

（平山泰代）

夫《つれ》もまた引くや大吉初詣

立春や朝も早よから豆に鳩

石垣の隙《すき》に今年もすみれ草

降れよ降れ新旧交代春落葉

光浴ぶ木の芽新芽の透かし彫り
落ちてなほニライカナイの匂ひあり

初蟬の小さき声の生《あ》れし朝

蔓草は春夏秋冬《いつでも》空に恋してる

宅配のりんご待つまの庭掃除

ヌーボーの旨さ教えてくれた人

エッセイ

青春の時間

枯木、雪、両手はポケットに
心はポカポカ
青春は、ふたりで同じ景色をみること
青春はあかるい未来をふたりで想うこと、語ること

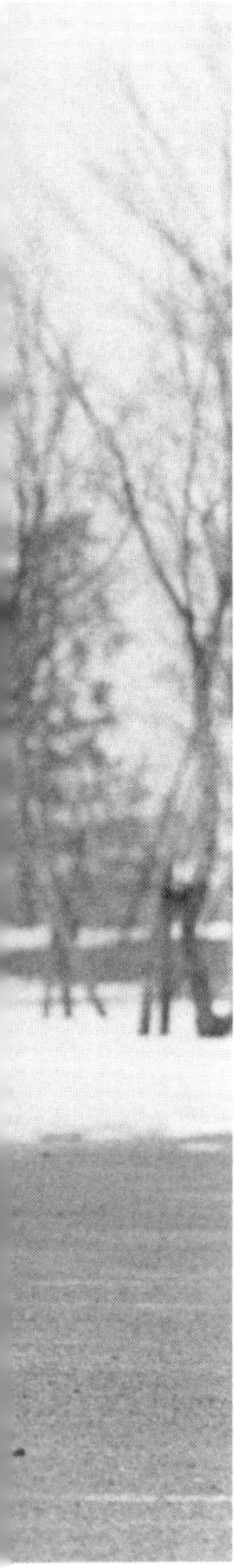

プロポーズ

神戸王子動物園の初夏、ニセアカシアの白い花びらが、五月の薫風に舞っていた。

僕はスルスルとアカシアの木に登り、枝に跨って「結婚してください。返事をもらうまで、ここから下《お》りへんから…」平山泰代さんからの返答はなかった。

6年後、「これからの人生、なにごとも、ふたり、五分五分《ごぶごぶ》で、やってゆきたい」

「いいわよ！」

長門裕之、南田洋子夫妻の媒酌、六本木チャペルセンターの鐘が高らかに鳴り響いた。

紙ふうせん

あなたのあったかい息を、ふ〜っと、やさしく吹き込んでください。そしたら、きっと、私たちは、貴方の町まで飛んでゆけるでしょう。

落ちてきたら
今度はもっと
高く高く打ち上げよう
高く高く打ち上げよう

黒田三郎の詩に感動して、曲をつけた。
コンサートホールのお客さん、みんなが歌ってくれた。
ふたりのフォークデュオ、グループの名前、「紙ふうせん」の誕生である。

2011 年「なつかしい未来 vol.6」ステージ写真

またふたりになったね

はじめた時も　ぼくたちふたり
みんな帰った　またふたりさ

月がのぼるよ　ぼくらの山に
街のあかりが　またゆれるよ

ぼくたちふたり　ころがるように
うたをうたって　また帰ろう

またふたりになった街
紙ふうせん
後藤悦治郎●平山泰代
hi-lite

帰郷して

ふるさとへ帰ろう。一九七六年四月、東京から兵庫県へ、紙ふうせんのふたりと、スタッフ、ミュージシャンみんなで東名高速を西へ。滋賀県大津サービスエリアから、夜明けの東山連峰を観た。朝まずめの空の色が忘れられない。紫色、すみれ色に染まっていた。清少納言の「春は曙」の色。

芭蕉の「山路来て何やらゆかしすみれ草」

泰代さんの実家のサポートもあって、同年七月二日、長男誕生。

ふたりは、母となり、父となった。

マストを立てよう

若い日の夢の数だけ
マストを立てて
夜明けを待った
若い日の友の数だけ
船をつくって
　僕らは旅立った

一九六二年堀江謙一さんが旅立った港。
一九七六年ふたりの新たなる旅立ちの西宮ヨットハーバーである。

冬が来る前に

アラジンの石油ストーブ。ブルーの炎が、当時、流行っていた。僕らも新婚新居に一基据え置いた。初冬のある夜、僕はストーブの芯を掃除していた。紙ふうせんの仲間のベースマンが、リビングのピアノを弾いて遊んでいる。ブラジル北部あたりのアクセントを入れて、サンバを重厚な和声で弾いている。そのサウンドに言葉が突いて出た。

〃冬が来る前に　ストーブの芯替えよう〃

翌朝、詞を書き直した。神戸王子動物園で木の上からプロポーズ。その後、坂道を無言で、ことばを待ちながら、探しながらふたりで歩いた…あの日の情景を詞にした。

♪ 冬が来る前に

坂の細い道を 夏の雨にうたれ
言葉さがし続けて 別れた二人
小麦色に焼けた 肌は色もあせて
黄昏わたし一人 海を見るの

冬が来る前に
もう一度あの人と めぐり逢いたい
冬が来る前に
もう一度あの人と めぐり逢いたい

秋の風が吹いて 街はコスモス色
あなたからの便り 風に聞くの
落葉つもる道は 夏の想い出道
今日もわたし一人 バスを待つの

冬が来る前に
もう一度あの人と めぐり逢いたい
冬が来る前に
もう一度あの人と めぐり逢いたい

フォークソング

日本各地に細々と歌い継がれている伝承歌を採譜、編曲し、なぜ、今、演奏し歌うのかを、レコードで、舞台ライブで表現し続けている。伝承歌の多くは、仕事唄であり、男と女のラブソングだ。

雨が降りゃよいナ
ザンザカ雨が
いとしあの人の
肩休め

兵庫・円山川舟唄

私しゃ紙漉き
紙屋の娘よ
昼はひまない
夜おいでよ
奈良・紙漉唄

リサイタル

構成・演出・歌唱・演奏、ふたりで、みんなやっちゃうのが紙ふうせん。

「昔とったきねづか」で、クラシックの名曲を「紙ふうせん」レシピで料理するのが、平山泰代。

ケルト、中南米の民族音楽、アメリカ60年代のフォーク・ポップスを歌いたいのが僕。

2時間の舞台を、ふたりのプランをどのようにまとめあげてゆくのか、その作業は、秋の風が吹くまで見えてこない。

KAMIFŪSEN RECITAL "DUET"

神戸

一九六〇年代、神戸には、モダンジャズをレコードで聞かす、ジャズ喫茶が四店、フォークソング・ブルーグラスの演奏ができる喫茶店が一軒あった。京都の大学にかよってたけど、逆方向の神戸に足を向け、ジャズ喫茶、フォーク喫茶に入り浸《びた》り、格好《かっこう》つけて、ルソーやカミュなどの本を持ち込み、たばこをふかしていた。海と山の間に動物園があって、彼女(平山泰代)とのデートコースだった。うすぐらい地下のジャズ喫茶は、ひとりで。海を見晴らす、丘や山の上は、ふたりで。と、神戸は、海、山、地下の青春の隠れ家だった。

原宿、ほほづき

遠く、今は遠く　ふるさと離れ
めぐり会えた君と　この町に住む

町はざわめいて　日暮れ時
君が待つ家に　あかりがともる

町のかどの店　小さな花屋に
僕は見つけたよ　赤いほほづき

町の中に海が　海が見えるよ
赤いほほづき抱いて　君のところへ

あの頃、70年代、原宿竹下通りは人通りまばらで静かだった。

紙ふうせん
Recital 2008
紙ふうせん
リサイタル2008
なつかしい未来 vol.3
9/23（火/祝）
梅田芸術劇場
シアター・ドラマシティ
16:00開場－17:00開演
■前売り5,500円／当日6,000円（全席指定）
■チケット販売・お問い合わせ
（株）企画制作紙ふうせん TEL 0798-65-6040（11:00～17:00）
梅田芸術劇場窓口 TEL 06-6377-3800（10:00～18:00）
電子チケットぴあ TEL 0570-02-9999（P-コード）
主催／株式会社 企画制作紙ふうせん

ボケとツッコミ

ふたりはいつも一緒で、五十年の永きを、続けてこられた秘訣はなんですか？

その答は「いつも、ケンカが絶《た》えないけど、ケンカは対話であり、お互い、それぞれの想いや、考えを、ストレートにぶつけ合っています。強い玉を投げ合い、素手で受け捕るキャッチボールのようなものです」

そのキャッチボールで、時々、僕は、ボケを挟みます。カーブやフォークボールでボケルのです。ボケは落とし所《どころ》、曲げ所となって、対話、ケンカの着地点が見えてくるのです。

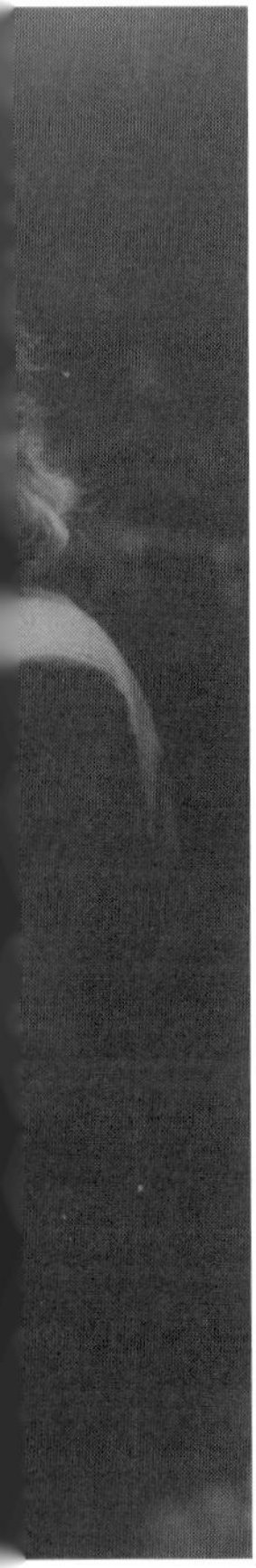

花を添える

我が家の庭に、二本の紅梅があり、二月、高貴な梅の香が立ちます。

「紙ふうせん・歌を紡いで50年」に、平山泰代（俳号・泰山花）が花を添えてくれました。

1993年　マーサズ・ヴィンヤード島「全米シンガーソングライターリトリート」に　4夜出演
米東海岸都市の大学にてコンサート
六甲山頂クリスマスコンサートを、1998年まで開催
1998年　「翼をください」日本サッカー協会オフィシャル応援歌リリース
1999年　結成25周年記念リサイタル
後藤悦治郎、作句を始める
2001年　「リサイタル」を以後、毎年開催
2004年　30周年記念リサイタル
2006年　「リサイタル～なつかしい未来～ vol.1」と名を打ち、以後毎年開催
2015年　40周年記念リサイタル
平山泰代、作句始める
2019年　45周年記念リサイタル
2024年　50周年記念リサイタル「～なつかしい未来～ vol.17」開催

紙ふうせん　50年の歩み

1946年	後藤悦治郎生誕
1947年	平山泰代生誕
1964年	尼崎北高校で、クラスメイトとなる
1967年	後藤悦治郎と平山泰代デュエット結成
1968年	「赤い屋根の家コンサート」を2年間、制作プロデュース、出演　「赤い鳥」結成
1969年	「第3回ヤマハライトミュージックコンテスト」グランプリ受賞
1970年	「赤い鳥」プロデビュー
1974年	5月　結婚
	8月「赤い鳥」解散
	9月「紙ふうせん」結成　黒田三郎の詩に曲をつけた「紙風船」がグループ名の由来
	12月アルバム「またふたりになったね」リリース
1976年	4月　関西に居を移す
	7月　長男誕生
1977年	「冬が来る前に」ミリオンセラーに
1984年	アメリカ・サンタモニカでレコーディング
1986年	カナダ・トロントでレコーディング

あとがき

「紙ふうせん」ふたりのうたづくりには、骨格がある
「愛をうたう」　大好きなものや事象への賛歌
「定型と破調」　日本語のアクセントを守る
「伝承文化」「フォークロア」と「うた」を同列に置き、未来へ繋いでゆく

この三本の矢を軸に、レコーディング、舞台、府県市町村の歌、社歌、小学校から大学の校歌、ドラマ主題歌、等々作り歌ってきた

縁があって「書肆侃侃房」から、ふたりの俳句集が出版されることになり、出版社の皆様に深く感謝しています

二〇二四年秋　　紙ふうせん　後藤悦治郎
平山泰代

紙ふうせん　歌を紡いで50年

2024年10月17日　第1刷発行

著者　　　　後藤悦治郎　平山泰代
発行者　　　池田雪
発行所　　　株式会社 書肆侃侃房（しょしかんかんぼう）
〒810-0041　福岡市中央区大名2-8-18-501
TEL 092-735-2802　FAX 092-735-2792
http://www.kankanbou.com
info@kankanbou.com

編集　　　　田島安江
デザイン　　acre
印刷・製本　モリモト印刷株式会社

日本音楽著作権協会（出）許諾第2407195-401号

ISBN978-4-86385-639-4 C0092